Recueil

de petites

Poésies

par

M. *é* Germain

Limoges

1856   13692

RECUEIL

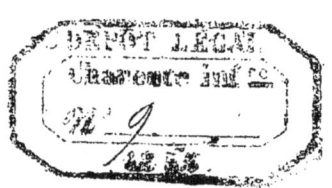

DE PETITES

POÉSIES

 PAR M. J.-A. GERVAISE.

LA ROCHELLE

TYPOGRAPHIE A. DAUSSE, RUE GROSSE-HORLOGE, 6

1856

AU PRINCE IMPÉRIAL

BOUQUET DE NAISSANCE.

Petit enfant, cher espoir de la France !
Tu viens au monde à l'époque des fleurs ;
Le doux printemps, pour fêter ta naissance,
Leur a donné les plus tendres couleurs.
Comme autrefois, charmantes violettes,
Ralliez-vous sous vos feuilles discrètes,
Venez fêter votre Prince au berceau !
Que votre ivresse en ce jour se déploie ;
Est-il pour vous un triomphe plus beau ?
Aux yeux du peuple étalez votre joie
Et protégez, dans vos transports d'amour,
Celui qui doit nous gouverner un jour !

Dans ce bouquet offrez lui votre hommage ;
Et, pour ne pas éveiller quelque pleurs,
Sur son berceau, venez, comme un nuage
Épandez-vous, ô mes petites fleurs !
Soyez sans crainte, allez ! Pauvres petites
Depuis longtemps vous n'êtes plus proscrites !
Allez montrer votre joie à la cour.
Petites fleurs toutes fraîches fleuries,
Pour apparaître en ce brillant séjour
N'attendez pas que vous soyez flétries !
Adieu ! Partez, humbles filles des champs,
Sur le chemin ne perdez pas de temps !

16 mars 1856.

REVENEZ AU PAYS !

A L'ARMÉE D'ORIENT.

Revenez au pays, intrépides guerriers !
Mettez dans leurs fourreaux vos glaives meurtriers...
Par de glorieux faits illustrant notre histoire,
Vous vous êtes couverts d'une immortelle gloire !
O France ! ouvre tes bras et reçois tes enfants ;
Après de longs travaux, ils rentrent triomphants.
La Russie est vaincue, et, grâce à leur vaillance,
D'une honorable paix nous avons l'espérance.
La Paix, bienfait de Dieu ! sous ses lois tout fleurit :
La culture et les arts ! La Paix donne à l'esprit
Le temps de s'élever, de grandir et s'instruire ;
La Guerre en sa fureur ne peut rien que détruire ;
Elle tue, amoindrit, ruine l'humanité,
Sous ses terribles coups s'étend la pauvreté !
Plus la terre est peuplée et plus elle est féconde ;
La guerre est un fléau, c'est la ruine du monde !
Au foyer paternel que de fils enlevés
Ont laissé leurs travaux encore inachevés !
Que de pleurs, au récit d'une grande victoire,
Ont arrosé nos chants et tous nos cris de gloire !
O vous qui nous restez, dites-nous les beaux traits
De tous ces héros morts au milieu des hauts faits !
Montrez-nous ces guerriers courageux, intrépides,
Sous les feux ennemis marchant à pas rapides ;
Renversant sans effroi ces terribles remparts
D'où le fer meurtrier venait de toutes parts !

Dépeignez ce beau jour, où plein de confiance,
Pélissier, dans vos mains., mit l'honneur de la France,
Et laissant à vos cœurs liberté de combats ,
Sut faire des héros de ses vaillants soldats !
Vous qui les devanciez dans ces jours de batailles ,
Où la terre tremblait jusque dans ses entrailles ,
Bosquet et Mac-Mahon , intrépides guerriers ,
Et vous, grands généraux , tous couverts de lauriers ,
Revenez parmi nous , et , sur votre passage,
Tous les Français en foule iront vous rendre hommage.
Venez vous reposer, et pliant vos drapeaux ,
Goûter avec la paix les plaisirs du repos !
Enfants revenez tous au sein de vos familles ,
Là, sous l'ombrage frais de nos vertes charmilles,
Aux bras de l'amitié qui vous attend venir ,
De vos récits touchants venez l'entretenir !
Après un doux repos reprenez votre ouvrage ,
--Pour travailler encore armez-vous de courage !
La charrue est rouillée au milieu du sillon ,
Et le bœuf inactif ne sent plus l'aiguillon.
La terre par vos bras redeviendra fertile
Et votre vie encore au pays est utile !
Mais vous , pauvres martyrs , qui reposez là-bas ,
Qui sur le champ d'honneur trouvâtes le trépas ,
Tous glacés par la mort, vous ne pouvez entendre
Les pleurs et les sanglots donnés à votre cendre...
Dormez ! Dormez en paix ! Vous avez pour linceuils
Les drapeaux ennemis jonchés sur vos cercueils !!!

Février 1856.

LE BLÉ FLEURI

Cueillant des fleurs pour ta couronne
Ne foule pas le blé fleuri ;
C'est le bon pain que Dieu nous donne,
Oh ! mon enfant, tu l'as flétri !
Simples plaisirs de ton jeune âge
De ces bluets pare ton front ;
Tu déploiras tout ton courage
Quand les lauriers te séduiront.

Petit enfant, tu n'es qu'une herbe
Qui germe et croît au gré de Dieu ;
Comme ce blé vert et superbe
Pour t'élever travaille un peu,
Des petits grains j'ai mis en terre,
Ils ont germé, poussé, grandi !
Seconde bien ton vieux grand'père,
L'âge déjà l'a refroidi.

De mes vertus suis bien les traces :
Mais si j'ai fait quelques faux-pas,
Derrière moi couvre leurs places,
Fais-moi bénir à mon trépas.
Tu seras seul sur cette terre !
Petit enfant que je chéris
Donne une larme à ton grand'père,
En regardant les blés fleuris.

Mars 1855.

LA MARÉE BASSE

Les yeux fixés sur la plage déserte,
Quelle tristesse à mon âme est offerte !
Sur cette plage , où deux heures avant
Jouaient les flots agités par le vent ,
Je ne vois plus que récifs , noirs herbages
Et des débris jetés par les orages.
A l'horizon , quelques feux protecteurs
Brûlent au loin pour les navigateurs.
J'écoute en vain , hélas ! j'entends à peine
Le bruit confus d'une vague lointaine !
Autour de moi tout se tait , tout s'endort ,
Et ce sommeil a l'aspect de la mort.
L'astre des nuits , à travers un nuage ,
Jette un rayon sur cette triste image !
Tout est muet , pâle et décoloré ,
Par le chagrin tout paraît dévoré ;
Et la nature endormie et mourante
Paraît languir dans une affreuse attente !
La plage semble une veuve en grand deuil ,
A deux genoux , pleurant sur un cercueil :
Pas un seul cri , pas une triste plainte
A ce repos n'ose porter atteinte !
Je voudrais fuir , mais cet immense aspect
Et me retient , et m'invite au respect !
Entre mes mains, ma tête s'est penchée !
A l'horizon , ma vue est attachée !
De mon cœur , les battements ralentis ,
Avec mes sens , se sont appesantis !
En vain , je cherche une barque légère ,
Comme un oiseau , glissant sur l'onde amère ,

D'où le pêcheur, prompt et silencieux,
Jette ses rets dans le miroir des cieux ;
Que j'aime à voir une blanche voilure
Faisant pencher sa légère mâture,
Lorsque le vent, malgré les matelots
La fait plonger au beau milieu des flots !
Rien, toujours rien ! je ne vois rien paraître !
Pourtant le jour ne peut tarder à naître ?
Non, car aux cieux, l'aurore en arrivant
Vient d'entr'ouvrir les portes du levant !
Déjà la nuit, en repliant ses voiles,
A fait pâlir le doux feu des étoiles ;
Et chaque objet, reprenant sa valeur,
Aura bientôt sa forme et sa couleur.
Au point du jour, les enfants, sur la plage
Vont accourir pêcher le coquillage,
A la pétoncle ils feront guerre à mort ;
Et tout chargés ils rentreront au port.
Je les vois là, se ruant avec joie
Sur le sart noir où se cache leur proie,
Armés d'un croc, le panier à la main,
D'un pas léger, parcourir le terrain.
Garde-toi bien, ma gentille chevrette,
D'abandonner le fond de ta retraite !
Fuis ! ne viens pas d'un œil audacieux,
Examiner le pur éclat des cieux ;
Reste cachée, enfouie et tranquille
Sous le récif qui t'offre un sûr asile !
Réveillez-vous, ô mes charmants échos,
Et répétez le bruit confus des flots.
J'entends, je crois, sur l'inconstante plaine,
Bruire au large une vague lointaine !

Le jour renaît, et les feux du soleil
Vont arracher la nature au sommeil !
La brise souffle et la marée augmente,
Voici venir, sur la vague écumante,
Le gai pêcheur, qui content de son sort,
Rentre en chantant, sa barque dans le port !
Mon rêve fuit et son prestige cesse,
Adieu, rochers, je pars et je vous laisse.

LE CRI DE GUERRE

CHANT PATRIOTIQUE.

Le tambour bat, la charge sonne,
Ranimez-vous, cœurs engourdis !
Il faut payer de sa personne ;
Seriez-vous donc abâtardis ?
Accourez tous ! Point de faiblesse !
Tout comme moi venez mourir !
N'avez-vous plus de hardiesse ?
Pourquoi trembler ? Pourquoi pâlir ?
    A la frontière,
    Vaillants soldats,
    La France entière
    Court aux combats !

Voyez venir cette recrue ,
Elle grossit ses bataillons ,
Elle a quitté champs et charrue
Et son blé vert dans les sillons ;
Mais vous , vieillards et faibles femmes,
Quand vous verrez le blé mûrir ,
Prenez vos faux , battez leurs lames,
Courez aux champs le recueillir !
 Allons , courage !
 Et toi soldat ,
 Prends ton bagage ,
 Cours au combat.

De Saint—Arnaud , gardons mémoire ;
Il succomba pour son pays ,
De notre armée il fut la gloire
Et la terreur des ennemis !
Esprits oisifs et cœurs débiles,
Qui gémissez sur votre sort !
Que faites-vous au sein des villes ?
Courez aux camps , braver la mort !.
 A la frontière ,
 Vaillants soldats ,
 La France entière
 Court aux combats.

Août 1855.

LE POINT DU JOUR

Les yeux fixés sur mon étoile,
En me levant chaque matin ;
L'aube à mes yeux tire son voile,
La douce aurore arrive enfin.
Que son éclat est doux et tendre !
Que son aspect est pur et frais !
Mon âme, hélas ! se laisse prendre,
Mon cœur succombe à tant d'attraits !

Bientôt paraît l'humble rosée,
Semant l'eau pure à pleines mains !
Toute la terre est arrosée
Et reverdit pour les humains !
Ses petits doigts à demi roses,
En jettant l'eau sur les moissons,
Touchent les fleurs fraîches écloses,
Leur font sentir de doux frissons.

Il faut partir ! Filles célestes,
Nous ne vivons qu'un seul instant !
Qui nous dicta ces lois funestes,
Fut bien cruel et bien méchant.
Le jour, hélas ! est notre maître
Et nous cédons à ses arrêts,
Je crois déjà le voir paraître ;
Pour le départ soyons tous prêts !

Mai 1855.

PAUVRE FLEURETTE

Petites fleurs , charmantes marguerites ,
Vous qui naissez sur le bord du chemin ;
On vous écrase , ô mes pauvres petites ,
Et vous mourez , tel est votre destin !
Le vent emporte et sème votre graine
Sur un terrain où vous croissez à peine...
Consolez-vous , pauvres petites fleurs !
Vous n'êtes pas les seules sur la terre
Qui gémissez et répandez des pleurs.
Regardez-moi , contemplez ma misère ,
Et vous verrez , petites fleurs des champs ,
Qu'on peut mourir même avant son printemps !
Ainsi parlait une petite fille
Abandonnée et se mourant de faim.
La pauvre enfant était faible et gentille
Et succombait faute d'un peu de pain.
Pourquoi , mon Dieu , cette misère affreuse ?
Ah ! que fis-tu pour être malheureuse !
Sachez-le donc , ô mes petites fleurs ,
Car vous pouvez sans peine me comprendre ,
Dans votre sein je verse mes douleurs ,
Je n'ai que vous qui veuillez les entendre !
Depuis deux jours j'erre parmi les bois ,
Les échos seuls répondent à ma voix !...
La faim , hélas ! me tue et me torture ;
Je ne sais plus ou trouver le hameau ,
Voyez mes pleurs et les maux que j'endure.
Pour n'avoir pas bien gardé mon troupeau ,

On m'a battue et je me suis sauvée
De la maison où je fus élevée !
Ah ! plaignez-moi ! que vais-je devenir ?
Je sens , hélas ! une douleur aiguë ;
Priez pour moi , tous mes maux vont finir,
Dans mon chagrin, j'ai pris de la ciguë !
Pleurez , pleurez , pauvres petites fleurs ,
Sur mon trépas , versez , versez des pleurs !
Si , par hasard , ici passait ma mère ,
Dites-lui bien qu'à l'heure du trépas
Pauvre Fleurette , en quittant cette terre ,
Tendait en vain vers elle ses deux bras !
Mes chères fleurs , à regret je vous quitte !
Adieu ! priez pour la pauvre petite !
Fleurette , hélas ! rend le dernier soupir ;
Sur une pierre elle tombe immobile ,
Elle a fini de vivre et de souffrir !
Voyez là-haut cette étoile qui file…
Le lendemain , près de l'enfant, les fleurs
Sous la rosée étaient toutes en pleurs !

Mars 1856.

La Chercheuse de Nids

HISTORIETTE.

Ah ! soignez bien votre couvée ,
O mes charmants petits oiseaux,
Hier au matin , je l'ai trouvée ,
Au beau milieu des grands roseaux !
Pauvres petits , la cage est prête ,
On peut demain vous dénicher !
La mère est là, dessus ma tête ,
Je ne veux point l'effaroucher !
    Jusqu'à l'aurore ,
    Petits oiseaux ,
    Dormez encore ,
    Dans les roseaux !

Suivons le bord de la prairie,
J'ai vu là-bas un rossignol,
Il gémissait et je parie
Que ses petits prendront leur vol.
Je veux avoir cette nichée ;
Ne parlons plus , marchons sans bruit ,
Dans une touffe elle est cachée ,
La trouverai-je avant la nuit ?
    Jusqu'à l'aurore ,
    Petits oiseaux ,
    Dormez encore ,
    Dans les roseaux.

Le lendemain , toute la plaine
Est inondée ! Ah ! quel malheur !
Voyez ce nid que l'onde entraîne ;
La mère accourt avec douleur !
Elle s'approche , elle voltige ,
Elle soulève un beau petit ,
Va le poser sur une tige
Et puis retourne encore au nid !

    Dieu vous observe ,
    Petits oiseaux ,
    Qu'il vous conserve ,
    Dans les roseaux.

Juillet 1855.

LA CAGE BRISÉE

FABLE.

Un fauconneau, pour sortir d'esclavage,
Un beau matin mit en morceaux sa cage ;
Enfin, dit-il, je suis en liberté !
Ah ! je vais donc faire ma volonté !
Soudain il part. D'un trait fendant la nue
Il prend l'essor jusqu'à perte de vue.
Adieu, tyrans ! Je vous fuis pour toujours,
Pour me reprendre essayez quelques tours !
Il fend les airs, pousse des cris de joie,
Mais sans l'atteindre il poursuit une proie.
De tout le jour il ne put rien saisir ;
La nuit venue il fallut s'endormir.
Mais quelle faim ! Qu'il ne vous en déplaise,
Le ventre creux on dort mal à son aise !
Ah ! pauvre oiseau ! qu'il passa triste nuit !
Son cœur peureux battait au moindre bruit...
Le jour venu : Voyons, dit-il, que faire ?
La liberté m'offre bien maigre chère !
Retournerai-je où j'étais ? Ma foi, non !
Et puis, d'ailleurs, aurais-je mon pardon ?
Je ne crois pas ; mon maître est trop terrible !
Dur et méchant, c'est un homme inflexible,
Il me tuerait ! Mais qui vient donc là-bas ?
C'est un linot : il court à son trépas ;

Je vais l'atteindre. Hélas ! peine inutile ,
Dans un buisson le linot trouve asile.
Sans rien saisir il battit le pays ,
Honteux, la faim le ramène au logis !
Ah ! le voilà , je le tiens ! dit son maître :
Pour l'attirer donnons-lui de quoi paître ;
Vite , Babet , vite , donne un appas ,
Voilà monsieur ! Il n'y résista pas :
Pour dévorer, sans bruit et sans tapage
Le fugitif retourna dans sa cage.
Il est pincé , mais tout bas il se dit :
Ah ! ventre creux , tu nous corromps l'esprit !
Faibles humains , nous n'avons rien sans peine,
Nous mourons tous portant la même chaîne !
La liberté flatte notre désir ,
Pauvres mortels , sachons nous en servir.

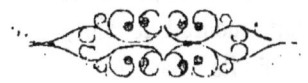

FILLE DES CHAMPS

La vie, hélas ! n'est qu'un vain rêve ;
Pauvres humains, entr'aidez-vous ;
A vos rigueurs faites-donc trêve,
Ah ! croyez-moi, soyez plus doux.

Fille des champs j'ai pour parure
Un frais bluet cueilli là-bas ;
Avec les dons de la nature,
Je m'embellis à chaque pas !

Je ne sais pas si l'avarice
A pour vous tous de la douceur ;
Mais je sais bien que c'est un vice,
Que je n'ai pas, pour mon bonheur.

Faire du bien, voilà ma vie ;
A quoi sert-il de se haïr ?
Si vivre en paix est mon envie
C'est que je sais qu'il faut mourir !

Hier, sur le soir, la pauvre Estelle
Se désolait, mourait de faim ;
J'ai partagé vite avec elle
Hélas ! mon seul morceau de pain...

J'aurais donné bien davantage
Car je connais la pauvreté ;
Le peu que j'ai je le partage :
Je fais ainsi la charité.

Je fais toujours cause commune,
Et je m'unis aux malheureux.
Me rendre utile à l'infortune
Est le plus cher de tous mes vœux.

Dieu créa l'homme à son image
Et le combla de ses bienfaits ;
Il eût fini ce bel ouvrage
En nous faisant des cœurs parfaits.

Il faut, mortels, nous rendre utiles
Sur cette terre où nous passons.
Aux lois de Dieu soyons dociles,
Avec nos maux nous finissons.

Juillet 1855.

Les Violettes et le Printemps

BLUETTE.

Vîte, naissez ô violettes !
Voici venir le doux printemps.
Venez vous joindre aux paquerettes
Et parfumer nos bois , nos champs.
Dès le matin , sous la rosée ,
Quand vous naissez , ô tendres fleurs !
La goutte d'eau sur vous posée ,
Semble couler comme des pleurs !
    Naissez , violettes ,
    Et vous , paquerettes ,
    Aux feux du printemps ,
    Croissez , fleurs des champs.

Mais que fais-tu de cette grâce
Me dit, un jour, gentil seigneur ;
Avec le temps la beauté passe,
Vient la vieillesse et la laideur !
Seule ici-bas , n'ai plus de mère ;
Pour protecteur me voudrais-tu ?
Merci , monsieur ! sur cette terre ,
Point de bonheur sans la vertu !
    Naissez , violettes,
    Et vous, paquerettes ,
    Aux feux du printemps ,
    Croissez , fleurs des champs.

Allons, adieu, pauvre petite !
Tu peux venir en mon château.
Partez, monsieur, partez bien vîte,
Allez trouver votre Isabeau !
Il est parti, je lui pardonne !
Ah ! sous mes doigts, petites fleurs,
Venez finir cette couronne,
Et me parer de vos couleurs !
    Naissez, violettes,
    Et vous paquerettes,
    Aux feux du printemps,
    Croissez, fleurs des champs.

Le Poète et l'Hirondelle.

Voici la semaine sainte ,
Demain sera de retour
L'oiseau qui revient sans crainte
Nicher au même séjour.
Oiseau charmant et fidèle ,
Toujours le bon Dieu bénit
Le toit, ma douce hirondelle ,
L'asile où tu fais ton nid.
Reviens! ô cher petit être !
Gentil passereau léger ,
Reviens peupler ma fenêtre !
Protège ainsi mon verger !
Déjà l'insecte désole
Nos plans, nos blés , nos semis.
Ah ! viens, que ton bec immole
Tous ces cruels ennemis.
Et vous , froides giboulées ,
Glaçons, neiges et frimas ,
Ainsi que blanches gelées ,
Il faut quitter ces climats ;
Partez , bientôt l'hirondelle ,
Venue en ce beau pays ,
Ayant Pâques avec elle ,
Viendra revoir son logis.
Qui donc a frappé ma vue ?
C'est toi , mon petit oiseau !
O va ! mon cœur te salue !
Demain, le temps sera beau !

6 Avril 1855.

j

LA TEMPÊTE

L'éclair sillonne les cieux,
Les vents soufflent et mugissent,
Les flots courent furieux,
De cris les airs retentissent !
Chantons, joyeux matelots,
La mort plane sur nos têtes ;
Bravons la fureur des flots,
Mon cœur aime les tempêtes !
 Va donc plus fort,
  Ma goëlette !
 En vain la mort
  Ici nous guette !

Ce brick, là-bas, va périr,
Sa perte est presque certaine !
Marins, il faut le secourir,
Bordez vîte la misaine !
La foudre a brisé ses mâts !
Voyez, il se perd, il sombre,
Les gens n'échapperont pas,
Tâchons d'en sauver bon nombre !
 Tenez la mer,
  Allons, courage !
 Ah ! quel enfer !
  Ils font naufrage !

Cessez, cruels éléments,
Allons, puisqu'on vous en prie,
Mettez pour quelques moments
Un frein à votre furie !
Entends leurs cris éperdus ;
Arrête ! affreuse tourmente !
Trop tard !... les voilà perdus !
Des flots la fureur augmente !

    Je tiens la mer
    Avec courage !
    Mon cœur de fer
    Craint peu l'orage !

Juillet 1856.

IL FAUT PARTIR

Il faut partir loin de ta mère,
Adieu, mon fils, tu reviendras;
Toute douleur est passagère.
O viens encore entre mes bras!
Sèche tes pleurs, allons, courage!
Pour ton pays donne ton sang!
Ne tremble pas à l'abordage
Et sois toujours au premier rang.

Bravant les flots et la tempête,
S'il faut mourir dans les combats,
Que ta grande âme à tout s'apprête;
Cherche, ô mon fils, un beau trépas!
Si l'ennemi te rend les armes,
Sois généreux, sois grand de cœur!
Sèche aussitôt, sèche ses larmes,
De ton pays soutiens l'honneur.

Pauvre marin, Dieu te protége!
Pars, mon enfant, reçois mes vœux;
Que de tes maux le ciel t'allége,
Je te bénis. Va, sois heureux!
Je puis laisser couler mes larmes,
Il va combattre; et plein d'ardeur
Pour sa patrie il prend les armes
Fais, ô mon Dieu, qu'il soit vainqueur!

Mai 1855.

TABLE.

www.ingramcontent.com/pod-product-compliance
Lightning Source LLC
Chambersburg PA
CBHW061639180626
46818CB00005B/2425